Vestida para la ocasión

Colección Historias Eróticas

Erika Sanders

Vestida para la Ocasión

Erika Sanders

Serie

Colección Historias Eróticas

Primera edición: 2025

Sinopsis

Samy está nerviosa.

Se había vestido para el momento que había reproducido en su mente cientos de veces, pero no estaba segura.

Parecía una buscona....

¿Qué es lo que buscaba?

Vestida para la ocasión es una historia perteneciente a la colección Historias Eróticas, una serie de historias de alto contenido erótico.

(Todos los personajes tienen 18 años o más)

Nota sobre la autora:

Erika Sanders es una conocida escritora a nivel internacional, traducida a más de veinte idiomas, que firma sus escritos más eróticos, alejados de su prosa habitual, con su nombre de soltera.

Índice

VESTIDA PARA LA OCASIÓN
ERIKA SANDERS

El silencio de la noche la rodeó, presionándola con su serenidad, intentando calmar su ansiedad.

Sin embargo, eso no podía calmarla.

Sentimientos desenfrenados a los que no estaba acostumbrada, y que nunca antes había experimentado, surgieron en su cuerpo, poniéndola nerviosa.

Sus tacones chasquearon suavemente a lo largo del camino pavimentado mientras miraba hacia el cielo.

¿Por qué va a ir allí esta noche?

¿Por qué se había vestido de esa manera?

Podía sentir el poder que su mirada tenía sobre ella.

Ella suspiró y permitió que su mente no siguiera pensando sobre los eventos que podrían pasar esta noche.

***

Se sentía como si cada mirada estuviera en ella mientras entraba al local.

Sus zapatos de tacón de aguja chasquearon contra el piso de madera dura mientras pasaba por la pista de baile y se acercaba al bar.

La falda de su atuendo rojo y negro se balanceaba de lado a lado con cada paso, la franja roja fluía contra su rodilla mientras que el negro descansaba unos centímetros por encima.

La blusa colgaba suelta de sus hombros, bajando por sus senos, rebotando lo suficiente como para llamar la atención con cada paso que daba y mostrando una generosa proporción de piel.

Y sin brassier.

Ella sabía cómo se veía con este atuendo.

Parecía una zorra.

Había terminado el look con una gargantilla de encaje negro alrededor del cuello y solo un toque de lápiz labial rojo.

Se sentó entre un hombre y una mujer, y le sonrió al camarero.

"Hola James"

"Samy. Qué bueno que es verte de nuevo". Él dejó que sus ojos se deslizaran sobre ella lentamente por su cara y senos. "Muy bueno, de hecho. ¿Y para quién es la ocasión?"

Ella negó con la cabeza y sonrió, haciendo que un mechón de rizo cayera sobre su oreja.

"No hay ocasión. Simplemente tenía ganas de vestirme así".

Él estiró el brazo por encima de la barra y colocó el rizo detrás de su oreja.

Sus dedos rozaron el costado de su mejilla y ella casi olvidó cómo respirar.

"Deberías vestirte así con más frecuencia".

"Quizás lo haga."

"Saldré de trabajar ahora en la noche alrededor de las once. ¿Te gustaría bailar después?"

Ella asintió lentamente, incapaz de apartar su mirada de la de él.

Con una precisión muy lenta, se inclinó sobre la barra y acercó sus labios a los de ella, profundizando el beso lo suficiente como para hacerla querer más antes de que él se alejara.

"Unos veinte minutos."

* * *

Esos veinte minutos nunca habían parecido más largos en la vida de Samy.

Ella observaba todo a su alrededor todo el tiempo consciente de cada movimiento que él hacía sin siquiera mirarle.

Era como si sus sentidos estuvieran sintonizados con su cuerpo, pero aun así ella saltó cuando él la tocó en la parte posterior del hombro.

Se había desabrochado el cuello de la camisa negra y le estaba sonriendo, tendiéndole la mano.

"Creo que me debes un baile".

Cuando ella colocó su mano en la de él, fue como si una pequeña descarga de electricidad atravesara su cuerpo.

Él sonrió cuando la llevó a un rincón de la pista de baile y luego la acercó a su cuerpo cuando la canción cambió.

Era lento y seductor, y el latido de él parecía coincidir con su corazón, mientras se apretaba contra él.

Y ya así de pronto ella fue muy consciente de los contornos duros que ondulaban contra su cuerpo blando.

Ella deslizó sus brazos alrededor de él, presionando sus suaves curvas traseras con sus manos mientras se balanceaban de un lado a otro.

Se inclinó y presionó sus labios contra los de ella, separándolos suavemente y seduciéndola con su lengua.

Su mano se deslizó más abajo sobre su espalda, descansando sobre su cadera, deslizándose lo suficientemente bajo como para acariciar una mejilla del culo mientras tiraba de su parte inferior del cuerpo contra la suya.

Ella jadeó al sentir lo fuerte que él realmente estaba presionando contra ella y podría haber jurado que lo escuchó gemir.

Pero justo cuando lo hizo, el otro camarero lo llamó y él suspiró, bajando la cabeza hacia atrás.

"Samy ... ya vuelvo. Juro que lo haré. No vayas a ningún lado".

Ella asintió algo tontamente mientras se alejaba de la pista de baile y entraba en un reservado aislado.

Vio que James regresaba al bar y se inclinaba sobre él nuevamente, hablando con Joseph.

Joseph era el barman sustituto de la noche.

Siempre se hacía cargo cuando James se retiraba.

Cuando vio a una rubia alta y de piernas largas unirse a ellos, se dio cuenta de algo.

Ella no era ese tipo de chica.

No tenía idea de lo que estaba haciendo.

James era el tipo de hombre que siempre tenía disponible a cualquier chica, cualquier chica alta, rubia y súper sexy.

Y ella era bajita, morena y latina.

Ella salió corriendo.

Tan rápido y silenciosamente como pudo.

Se dirigió hacia la puerta y cuando miró por encima del hombro vio a la rubia inclinarse cerca de James y deslizar sus dedos por su brazo.

Ella suspiró y sacudió la cabeza mientras continuaba su camino.

No sería bueno detenerse a pensar en ello.

Le empezaban a doler los pies por los tacones, así que se los quitó y se apartó del camino empedrado, dejando que sus pies la guiaran hasta la orilla del río que conocía tan bien.

Metió los pies en la orilla del río y simplemente miró el agua durante mucho tiempo.

"¿Qué estaba pensando?" Ella finalmente murmuró.

"Eso es lo que me gustaría saber".

Ella casi gritó cuando se dio la vuelta.

James estaba de pie detrás de ella, con los brazos cruzados con enojo y frunciendo el ceño.

Pero el ceño fruncido lentamente se fue reemplazando por una mirada de confusión y preocupación.

"Samy, estás llorando. ¿Qué te pasa?"

Ella apartó la vista de él y cruzó el río hacia la otra orilla con césped.

"No debería haberlo hecho. No debería haber venido al bar esta noche vestida así. No debería haber pensado que tenía una alguna oportunidad".

"Samy, ¿de qué demonios estás hablando?"

Él se acercó y dejó caer su mano sobre su hombro.

Ella estaba temblando, tenía frío.

Él se quitó apresuradamente el abrigo y se lo echó sobre los hombros, colocándose detrás de ella para frotarle los brazos.

"Te veías hermosa alá dentro. Creo que olvidé cómo tenía que respirar cuando entraste".

"He visto a las mujeres con las que usualmente estás. No soy como ellas, James. No soy elegante ni super sexy. No soy rubia, ni alta, ni de piernas largas, ni tengo un cuerpo perfecto como ellas. No tengo solución en contra de eso. Ni siquiera sabía lo que estaba haciendo ". Ella terminó en un susurro.

"¿En serio? Podrías haberme engañado allá dentro".

La giró hacia él y se inclinó hacia adelante, presionando sus labios contra su cuello.

Ella se estremeció.

"Tu cuerpo se sentía perfecto cuando me presionaste contra ti en esa pista de baile".

Levantó la mano y ahuecó su pecho, trazando el contorno de su pezón a través de su blusa.

La hizo temblar un poco.

"Seguro que éstos parecían saber qué querían hacer cuando nos estábamos besando y presionando juntos".

Se inclinó sobre ella y la obligó a tumbarse hasta que estuvo acostada en el suelo.

"Déjame mostrarte, Samy. Déjame demostrarte que eres más de lo que crees".

Sus labios se deslizaron contra los de ella antes de deslizarse por su cuello y sobre la delgada blusa que cubría sus senos.

Su aliento quedó atrapado en su garganta cuando los labios de él encontraron primero un pezón y luego el otro, chupándolos lentamente mientras ella se arqueaba en su toque.

Sus dedos encontraron hábilmente el dobladillo de su blusa y comenzaron a subirla lentamente, provocando a su piel cuando se reveló.

La levantó más allá de sus senos y la sostuvo justo por encima de ellos mientras besaba su seno derecho, saboreando su piel.

Ella gimió cuando James finalmente acercó sus labios a la cresta de su seno, tomando el pezón entre sus dientes y tirándolo suavemente antes de succionarlo.

Ella gimió aún más fuerte cuando su mano comenzó a amasar su otro seno, rodando su palma sobre su pezón repetidamente.

"¿Ves?" Él respiró contra su piel. "Eres la mujer perfecta".

Él comenzó a besarla en su camino hacia abajo, trazando círculos alrededor de su ombligo con su lengua.

James le sonrió mientras alcanzaba su falda y, en lugar de bajarla, la empujó hacia arriba.

La parte delantera se dobló hacia atrás y en el momento siguiente estaba colocando besos suaves y juguetones a lo largo de su montículo caliente por encima de las bragas.

Ella ya estaba húmeda.

Podía sentirlo a través de sus bragas mientras frotaba su nariz contra ella.

Ella tembló debajo de él y él le acarició suavemente con los dedos de arriba a abajo mientras usaba los dientes para deslizar las bragas hacia abajo.

La besó de nuevo, sin barrera ya entre sus labios y su coño.

Él comenzó a deslizar su lengua a lo largo de su hendidura y ella gimió, sus caderas arqueándose desenfrenadamente de modo que él presionó su lengua profundamente en ella, trazándola sobre su clítoris.

Samy gimió y se arqueó contra su lengua, el placer la recorrió mientras él rozaba sus dientes contra su clítoris y deslizaba un dedo dentro de ella.

"Mentí", respiró contra su clítoris. "No solo olvidé cómo respirar".

James succionó suavemente su clítoris, su dedo bombeando dentro y fuera de su tensión.

"Casi me vengo en los pantalones con solo de verte antes".

Los dedos de ella se agarraron a su cabello, y él sonrió contra su coñito mientras deslizaba un segundo dedo dentro de ella, pasando su lengua sobre su clítoris repetidamente hasta que su cuerpo temblaba bajo su boca.

Sus dedos la acariciaron, adentro y afuera, excitándola, persuadiendo a su cuerpo para que respondiera hasta que ella se balanceara contra su mano y lengua.

"James", su voz casi falló cuando se retorció en su mano. "¡Por favor no te detengas ahora!"

Salieron sus palabras en un suave tono de complicidad, pero rápidamente subió de volumen cuando ella gritó de placer.

Él estaba mordido suavemente su clítoris y ahora lo estaba chupando con fuerza, y sus dedos empujando con fuerza dentro de ella tomando su clímax.

Él ansiosamente lamió sus jugos y cuando el temblor de su cuerpo se desaceleró,

Cuando acabó, se movió por encima de ella.

Él sonrió y apoyó su frente contra la de ella, dejando que su cuerpo rozara el de ella mientras la miraba a los ojos.

"Te lo dije, eres tan mujer como ellas, si no más".

Sus ojos brillaron con algo que podría haber sido de duda mientras miraba a los ojos de James, pero luego dejó que sus dedos recorrieran su pecho y bajaran al bulto duro en sus pantalones.

"¿Es por eso por lo que lo tienes tan duro?

¿Porque soy una mujer así como ellas?"

Sus dedos rozaron arriba y abajo contra su polla, y él no pudo evitar el gemido que se deslizó más allá de sus labios.

Sin embargo, no tuvo oportunidad de responder ya que los labios de ella encontraron los suyos y cualquier pensamiento fue borrado de su mente.

Sus dedos se deslizaron hacia su pecho y hábilmente comenzó a desabotonar su camisa.

Rápidamente la sacó de sus pantalones y le empujó a un lado mientras tiraba de su camisa para quitársela completamente.

El botón de sus pantalones se abrió con un tirón y la cremallera se deslizó casi por sí sola.

Ella le bajó los pantalones y los boxers lo suficiente como para liberar su polla y envolvió su pequeña mano alrededor de ella, acariciándola lentamente para que él gimiera y se apretara ansiosamente contra su mano.

Él gimió de molestia y se puso de pie, quitándose los pantalones y los boxers en un solo movimiento y volviéndose hacia ella.

Ella ahora estaba de rodillas y le sonrió mientras una vez más envolvía su mano alrededor de él.

Él se inclinó sobre ella haciéndole unas caricias lentas, cerrando los ojos.

Al momento siguiente, sin embargo, los abrió cuando los labios de ella se envolvieron alrededor de su polla, moviéndolos lentamente hacia arriba y hacia abajo sobre su miembro duro.

Él puso ahora sus manos en la parte posterior de su cabeza y lentamente comenzó a empujarla dentro y fuera de su boca, gimiendo mientras ella lo chupaba con cada movimiento.

Los golpes suaves no tardaron mucho en volverse rápidos y cortos, Samy lo chupaba más fuerte cuanto más rápido él le movía la cabeza.

Su mano estaba acariciando sus bolas, haciéndolas rodar hacia adelante y hacia atrás mientras su boca se apretaba alrededor de él.

Cuando ella estaba jugando con su lengua en la cabeza de la polla, él explotó en su boca.

Ella tragó rápidamente cuando él le mandó su chorro, apretando la boca y la garganta contra su polla haciéndole correrse aún más fuerte y con más chorros, hasta que finalmente se agotó.

Deslizó la polla de su boca lentamente y dejó que su mirada cayera al suelo.

Cayó de rodillas delante de ella, colocando su mano contra su mejilla.

Estaban a solo paso de distancia cuando el dedo de James trazó el costado de su rostro, hundiendo su dedo debajo de su barbilla y levantó sus ojos hacia los de él.

"No hemos terminado aun".

Su voz fue tan baja que le dieron escalofríos por la espalda mientras lo miraba maravillada.

Se inclinó y presionó sus labios contra ella, profundizando rápidamente el beso.

Cuando su lengua se deslizó más allá de sus labios, una mano se deslizó detrás de ella, acercándola contra él para que fueran carne con carne.

Sus pezones presionaron contra su pecho gozosamente, y su nueva erección presionó con fuerza contra sus abdominales inferiores.

Ella se movió y frotó su cuerpo a lo largo de él lentamente, haciéndole gemir cuando su beso se volvió febril.

La recostó de nuevo y deslizó su falda por sus piernas.

Él la miró por un largo momento antes de moverse.

Él se inclinó sobre ella otra vez y le dio un ligero beso en el vientre, justo encima del ombligo.

Él sonrió contra su piel cálida y comenzó a besarse hacia arriba, a la inversa de sus acciones anteriores.

Sus labios apenas juguetearon contra sus senos antes de asentarse en su cuello y acariciar su latido.

Él palpitaba entre sus piernas, su miembro presionando contra su rajita húmeda mientras ella envolvía sus piernas alrededor de su cintura y él deslizaba sus brazos alrededor de ella.

En un rápido movimiento, James estaba sentado con ella en su regazo y, si esto fuera posible, presionando aún más su verga contra ella.

Ella se retorció un poco y él gimió.

La besó hasta llegar justo debajo de la oreja y tiró suavemente de su lóbulo.

"Dime, Samy, ¿lo quieres?"

Su aliento era caliente contra su piel y ella temblaba.

"¿Quieres mi polla grande y dura enterrada en tu interior?"

La respuesta de Samy sonó casi como un gemido mientras se frotaba contra él.

"Sí. Por favor, James, he querido esto desde ..." pero ella rápidamente se detuvo, un sonrojo aún en sus mejillas y miró hacia otro lado.

James no tenía idea de eso.

Forzó su mirada de nuevo a la suya y apoyó su erección contra ella.

"Termina lo que estabas diciendo".

Ella gimió y sus uñas se clavaron ligeramente en su piel.

"He querido esto desde que te conocí".

"Entonces dime qué tanto lo quieres".

No fue una demanda, más bien una petición mientras él deslizaba sus dedos por sus senos, amasando lentamente su carne.

Podía sentir su calor irradiando contra su polla, y estaba haciendo todo lo que podía para no simplemente arrojarla y tomarla.

Su respuesta lo sorprendió, y destrozó todo el autocontrol que había estado usando.

"No lo quiero. Lo necesito, James".

Sus ojos estaban fijos en los de él ahora, y él gimió suavemente contra su piel mientras ella se apretaba más.

"Lo necesito tanto, lo he soñado tanto tiempo. Por favor. Necesito que me folles".

No podía negarle eso más.

No pudo contenerse más después de eso.

La levantó hasta que la cabeza de su polla se presionó contra su abertura y luego rápidamente la dejó caer sobre ella.

Ambos gimieron.

Su coño estaba tan apretado alrededor de su polla que cuando él comenzó a moverla hacia arriba y hacia abajo sobre su miembro, y su longitud dura parecía aún más grande encerrada dentro de ella.

Ella gimió y usando sus piernas para apalancarse comenzó a saltar sobre su polla.

Sus pechos rebotaron libremente contra él y sus pezones lo llamaron cuando él se inclinó hacia adelante y comenzó a mamar.

Ella gimió y comenzó a saltar más rápido sobre su polla, impulsándose una y otra vez.

Sus labios estaban provocando a sus pezones, atrayéndolos y chupando, luego pasando su lengua sobre ellos y mordisqueando mientras se balanceaba con sus rebotes, gimiendo contra su piel, enviando vibraciones a través de sus mordiscos.

Su coño estaba tan mojado que la humedad le bajaba por la polla, y él gimió cuando ella intencionalmente apretó su raja a su alrededor, haciendo que él se resistiera más a ella.

Él los inclinó a ambos para que ella estuviera de espaldas nuevamente sobre la hierba y comenzó a golpear su polla con fuerza dentro y fuera de ella.

Samy gimió aún más fuerte, sus uñas rastrillando su espalda mientras otro fuerte empujón la hacía volver a su clímax.

El espasmo apretado alrededor de su polla rápidamente hizo que James se corriera también y él se estrelló aún más rápido contra ella, gruñendo cuando su semen caliente la llenó hasta que se derramó por sus muslos.

Cayó a un lado, jadeando.

Luego la atrajo hacia él, dejando besos suaves a un lado de su rostro.

"Ahora, ¿pasarán otros cinco años antes de que seas lo suficientemente valiente como para volver a hacer esto?"

Él sonrió y besó la comisura de sus labios.

"No jamás, James".

Samy sonrió y rozó sus labios contra los de él.

"Bien, porque no creo que pueda quitarte las manos de encima por más de un día o dos".

La risa de Samy resonó a través del lago, y James sonrió cuando se sentó y la besó profundamente.

Esto definitivamente podría ser el comienzo de algo muy interesante.

FIN

DOMINANDO A SUSAN
EL NUEVO TRABAJO
(DOMINANDO A SUSAN VOL.1)
ERIKA SANDERS

PRÓLOGO

Robert es un maduro hombre de negocios exitoso, casado y con un hijo de la misma edad que Susan.

Sus familias han sido amigos cercanos durante muchos años y él la había visto convertirse en una joven encantadora.

Él siempre había mostrado una amistad abierta hacia la chica y, a lo largo de los años, la había hecho consciente de su afición por ella.

En secreto, su relación amistosa y su cariño por la chica ocultaban sus muchos deseos oscuros, sin ninguna oportunidad de hacerlos realidad.

Su sumisión total hacia él era el único sueño, en sus pensamientos más oscuros y que deseaba que se hicieran realidad.

Susan es una chica, recién graduada, con un título en negocios en su mano y ansiosa por experimentar el mundo.

A punto de comenzar su primer trabajo real, un puesto ofrecido por Robert, amigo de la familia, por respeto a su padre y reconocimiento de sus habilidades.

Pero también, sin que ella lo supiera, alimentado por su deseo de poseerla.

Ella es una chica agradable, sensual pero dulce que ha tenido el mismo novio, Peter, desde su primer año de universidad.

Son aventureros, pero nunca perturban su mundo.

Ella sabe lo que quiere, o cree que lo sabe, pero realmente es bastante obediente dejando que otros la guíen por los caminos de su vida.

EL NUEVO TRABAJO

Se para frente al edificio, y sus ojos contemplan la fachada de acero y vidrio.

Observa a todos los hombres y mujeres bien arreglados y apresurados entrar y salir de la entrada.

Mira su propio traje de falda corta, reanuda el paso, y entra.

Se siente pequeña y un poco intimidada por los hombres que se elevan por encima de su estatura de un metro sesenta mientras sube al elevador y entra en el negocio de su nuevo empleador.

Mirando a su alrededor, lo ve en el mostrador de recepción hablando con una bomba de mujer rubia y riendo coquetamente, y su sonrisa iluminando su rostro mientras la gira hacia ella.

Ella se sonroja sin saber por qué y se mueve hacia él con los tacones haciendo clic en el suelo de baldosas.

El brazo de él le rodea protectoramente sus hombros mientras la presenta a la chica del escritorio.

"Anne, esta es mi pequeña Susy!"

Ella se sonroja, luego se endereza y extiende su mano.

"Hola, en realidad mi nombre es Susan, gusto en conocerte".

Él la dirige con la mano constante sobre su hombro a varios departamentos y a otros ejecutivos.

La presenta como Susan, por lo que está agradecida, y que quiere poner sus mejores maneras en este mundo de gran rivalidad.

Ella permanece cerca de él durante toda la mañana tratando de memorizar una gran variedad de nombres antes de que finalmente la lleve a su suite de oficina.

Él la muestra el escritorio en la antesala que será suyo la mayor parte del tiempo que ella esté aquí.

Ella guarda su bolso y pasa los dedos suavemente sobre los muebles bien elegidos.

Es llevada a su oficina donde él le señala con la mano a los opulentos muebles oscuros, todos de cuero y caoba.

"Y aquí es donde trabajo".

Dejando su lado por primera vez, él se sienta en su escritorio.

Ella se siente extrañamente sola parada en esta gran oficina ante él.

Tomando algunas llaves, continúa hablando:

"A la izquierda, detrás de la salita de recreo, encontrarás una puerta a una pequeña cocina. Esta a menudo entretiene a los clientes. El refrigerador de la barra debe permanecer abastecido siempre con lo que aparece en la lista, y además hay un menú. Debes aprender a cocinar todos los platos, en caso de que el cocinero no esté disponible. Lo pondré en tu programa de entrenamiento ".

Se había movido rápidamente detrás de ella empujándola hacia la puerta y abriéndola.

Con los ojos muy abiertos y sobrecogida por el tamaño de la compañía y las oficinas que poseía, todo lo que puede hacer es asentir tontamente.

"Eso será así. "

"Sí, señor", dice él con una sonrisa, pero la severidad de su voz la sacude.

"Sí, señor ". Ella responde automáticamente.

Tomándola del brazo, él se mueve fuera de la cocina y la lleva a otra alcoba con la puerta en la misma pared.

"Y este es mi baño privado, puedes usarlo, pero solo con mi permiso, ¿entiendes, Susy?"

Ella asiente de nuevo sin palabras ante la opulencia de este baño, recuperándose cuando lo siente ponerse rígido, balbuceando:

"Sí, señor".

Él sonríe ante su obediencia.

"Utilizará el baño de empleados en el pasillo si tiene necesidades y yo no estoy aquí"

Ella es más rápida esta vez.

"Sí, señor".

En el otro lado de la habitación, dos alcobas similares con puertas que él les muestra.

"Esta es una sala de reuniones privada", ella mira rápidamente mientras él la apresura "... y aquí es donde descanso si necesito pasar la noche en la ciudad ".

La habitación estaba oscura y se vislumbraba una gran cama con dosel y bancos extraños en la gran sala.

Apenas tuvo tiempo de percibirlo antes de que le cerrara la puerta.

La lleva de vuelta a su escritorio, enciende la computadora y le muestra el servicio de mensajería personal desde su oficina a su computadora que siempre debe estar encendida y abierto.

Contento con los "Sí señor" apropiados en los momentos correctos y su inclinación natural a ser servicial, la deja en el escritorio para que se familiarice con su nuevo entorno.

Él pone a prueba su atención enviándole pequeños mensajes instantáneos y se sonríe ante sus respuestas inmediatas mientras ella lee las tareas y los distintos horarios que le quejaron en su escritorio.

LA OCUPACIÓN REAL

Él fue paciente y amable mientras ella se familiarizaba con su nuevo trabajo dentro de su compañía.

Hablaba con ella a menudo a través de la pantalla de mensajería instantánea durante los momentos en que no estaba en reuniones, o fuera de la empresa, preguntándole acerca de su familia, amigos, por cómo iban las cosas con su novio, haciéndola sentir a su vez su cariño e interés genuino en su vida.

Durante las primeras semanas, muy ocupadas de su entrenamiento, se tomó el tiempo de consultar con ella y ajustarle el horario si fuera necesario, convirtiéndose en su mentor, su amigo y, a veces, una figura paterna severa.

Bromeaba con ella, jugaba y charlaba amigablemente.

Las conversaciones poco a poco se volvían más íntimas a medida que pasaba el tiempo.

Jugaron a verdad o reto, a menudo, a través de la computadora, y en el juego sus preguntas se volvieron más personales y directas.

Luego se detuvo mientras leía su última respuesta.

Había esperado que sucediera algo así, pero nunca esperó realmente que sucediera.

Aquí estaba jugando a la verdad y aquí estaba la ocasión de atreverse con ella otra vez.

Ella siempre elegía la verdad ... y acaba de confesar una nalgada de su novio, y que le había gustado.

Con eso, iba a comenzar a hacer realidad su sueño.

Sabía que probablemente nunca volvería a jugar a esto con él de nuevo, y casi retrocedió, pensando que ella quería dejar de hacerlo, o peor aún, decírselo a alguien de la compañía y luego a su familia.

Sin embargo, tenía que seguir adelante.

Su deseo sostenido por mucho tiempo lo condujo, y comenzó a escribir.

Ella no había elegido atreverse, pero él continuó escribiendo...

***

"Te reto a que me dejes azotarte, Susy".

Ella fijó la vista, no podía creer lo que estaba leyendo.

Se había acercado a él, lo adoraba y la forma en que la cuidaba y la hacía sentir tan especial, casi como su fuera su padre.

Quizás estaba bromeando con ella otra vez, sin creer lo que ella le había contado sobre su cita la noche anterior.

Su mente dio vueltas al pensar en cómo se había sentido recibiendo una nalgada por parte de su novio y se retorció en su asiento al darse cuenta de que necesitaba responder.

Miró fijamente la pantalla, el cuadro de mensaje estaba en blanco, de momento, esperando su respuesta.

***

Él comenzó a asustarse, pero luego vio que ella estaba escribiendo.

Su corazón latía rápido, y se asustó el pánico, antes de que finalmente viera lo que ella estaba escribiendo.

"Sí señor."

Tecleó rápidamente, empujándola a actuar a ella y a su suerte:

"Entonces entra en mi oficina y cierra la puerta. Cuando entres a mi oficina obedecerás todas mis órdenes, te acostarás sobre mi regazo sin hablar y te someterás a mis nalgadas".

***

Ella parpadeó ante su respuesta.

Este juego se estaba volviendo serio, pero era solo un juego, ¿verdad?

¿La estaba probando?

¿Debería retroceder?

Ambos estaban nerviosos y tensos por sus propios motivos, pegados a la pantalla de la computadora.

Ella no quería ser la primera en retroceder y que él se burlara de ella.

Ella escribió:

"Sí, señor".

* * *

"Entonces ven a mi oficina, Susy, y cierra la puerta".

No hubo respuesta, pero ella entró rápidamente a su oficina y cerró la puerta como un conejo asustada, incrédulo de lo que acababa de aceptar, pensando que todavía estaba jugando con ella.

Se sentó aparentemente impasible mientras su cuerpo le dolía por ella, al ver su miedo, la confusión y el calor en sus ojos que la hizo continuar.

"Mi regazo espera"

Ella dio un paso adelante y él levantó la mano, se detuvo a medio paso.

"Estuviste de acuerdo en obedecerme entrar en esta habitación, ¿no?"

Visiblemente temblando, ella susurró:

"Sí, señor".

Él señaló el suelo, se estaba envalentonando, y gruñó,

"Arrástrate hacia mí".

Observó cómo veía las emociones jugar en su rostro, renuencia, miedo, temor, emoción y finalmente sumisión.

Dejó escapar el aliento que estaba conteniendo mientras veía el comienzo de su sueño hacerse realidad, su pequeño cuerpo cayendo de rodillas y luego a sus manos mientras ella comenzaba a gatear hacia él.

Sintió que su polla se agitaba al verla.

Era suya finalmente, aunque solo fuera por esta tarde.

* * *

No podía creer que estaba haciendo esto, este hombre que había conocido toda su vida estaba a punto de azotarla realmente.

El juego había ido demasiado lejos, pero ¿por qué no lo estaba deteniendo?

¡Ella se da cuenta de que lo quería!

Oh, Dios, ¿ella lo quería?

¿Había algo mal con ella?

¿Por qué se sentía así?

Sus ojos se clavaron en su fuerte cuerpo en su gran silla cuando ella alcanzó sus pies y deslizándose como una serpiente se movió en su regazo.

Sabía que estaba mal, pero no podía evitarlo.

Sin palabras, sin discusión, sin acariciarla por ser una buena chica, la mano se estrelló contra su trasero con fuerza, y ella chilló.

***

Miró al hermoso ángel que se arrastraba hacia él, su mente yendo a los lugares más oscuros y teniendo que retroceder, tan joven e impresionable que no se da cuenta de su valía.

Él usaba toda su fuerza de voluntad para permanecer impasible mientras ella se desliza sobre su regazo, seguro de que puede sentir esta dureza en su estómago mientras él le levanta la falda, revelando una tanga rosa, levanta la mano y la golpea con todas sus fuerzas.

Si solo por esta vez la disfrutara.

Observa cómo sus músculos tensos se ondulan bajo el ataque y las huellas su mano brillan en rojo sobre su piel blanca.

Ella chilla y jadea:

"Ohhhhh esoooo dueleeeeee".

Ella chilla y retuerce sus piernas pateando cuando él la azota de nuevo profundamente.

***

Pierde la cuenta de los azotes mientras el dolor llena su pequeño cuerpo y la calienta.

Se da cuenta del calor que comienza en su pequeño coño y la humedad en sus muslos mientras la azota.

Perdida en su calor y necesidad de gritar, pequeñas lágrimas surcan sus mejillas.

* * *

Su mano se adormece mientras la azota con fuerza saboreando la tensión de los músculos duros, sus gritos y súplicas para que deje de azotarlo mientras pinta su pequeño culo de un rojo brillante.

Se detiene cuando la ve mojada entre las piernas, increíblemente, su pequeño cuerpo espasmódico sobre su regazo.

* * *

Su mente se encerró en el poder de este hombre mientras jadea y chilla.

Mientras él continúa azotándola con fuerza y rápido, su cuerpo se hace cargo mientras su mente se tambalea, siente el calor y la necesidad acumulada de un novio demasiado inepto y perdida en la sensación que ella se corre, se pone dura y su orgasmo le cae a chorros sobre sus muslos con este simple azote.

Ella siente que él se detiene y se muere adentro.

Su vergüenza la llena mientras ella tiembla sobre su regazo, jadeando y sollozando.

El calor de su rubor llenaba su rostro, tan avergonzada, ¿cómo pudo haber hecho eso?

* * *

Él sonríe al ver su cara sonrojarse de vergüenza, la mantiene en su lugar, sabiendo que este es su momento.

"Durante la próxima semana, te convertirás en mi esclava. Esta será tu ocupación real. Me obedecerás en todo lo que yo te mande. Te mantendrás a la vista todo el tiempo y me pedirás permiso para irte si es necesario, aunque solo sea para ir al baño. Te poseeré y me obedecerás. Al final de una semana hablaremos de esto nuevamente ".

***

Acostada en su regazo sintiendo el orgasmo de sus nalgadas, ella escucha sus palabras.

Es una declaración, no una pregunta.

Se da cuenta de que no le ha dado opciones.

Ella inclina la cabeza avergonzada, temblando por lo que acaba de hacer.

Y ella gime:

"Sí señor"

LA HISTORIA CONTINUA EN EL PRÓXIMO VOLUMEN: LAS REGLAS

CONAN EL BÁRBARO
VOL.1
ERIKA SANDERS

El sol brillaba sobre la ciudad de Tarantia cuando el pequeño grupo redondeaba la cima de la colina.

Las torres blancas, las cúpulas de cobre y los minaretes brillaban a la luz del sol, dándoles la bienvenida después de su largo viaje.

Las últimas semanas habían sido emocionantes, peligrosas, ya que habían explorado catacumbas perdidas en busca de un tesoro, defendiéndose de monstruos y espíritus malignos para obtener su premio.

De hecho, que eran las monedas que ahora cargaban sus mochilas.

Conan miró a sus colegas, compañeros acérrimos en las batallas que habían enfrentado, y muchas más anteriormente.

Lady Yasimina era la líder del grupo, a pesar de sus orígenes extranjeros.

Nacida en la aristocracia en algún lugar del sur, más allá del río Estigio, no se parecía en nada a los nobles de Tarantia o sus ciudades vecinas.

Su cabello rubio hasta los hombros estaba libre al aire, ya que se había quitado su casco, y sus labios pálidos formaron una sonrisa al ver la ciudad por delante.

Podría ser una extranjera, pero Tarantia se había convertido en un hogar para ella también en los últimos años.

Con el polvo del viaje y el calor de las batallas pasadas, solo su porte real ahora marcaba su ascendencia noble, pero una vez que ya habían regresado, no cabía duda de que ella podría volver a moverse entre la nobleza sin problemas por su conocimiento de la etiqueta requerida, lo que hace ideal alguien ideal como portavoz del grupo.

Mucho más que un bárbaro como Conan.

En contraste con Lady Yasimina que era musculosa y estaba fuertemente blindada, al lado de Conan estaba Valeria, era una hechicera elfa, armada solo con una daga metida en su cinturón.

Ella llevaba ropa de viaje ahora, por supuesto, pero para mañana, él estaba seguro de que estaría vestida con ricas ropas que complementaban su belleza.

Tan pálida y rubia como Yasimina, su cabello era largo, actualmente atado en una larga cola de caballo para revelar los puntos altos de sus orejas.

Había vivido entre los bosques de las islas del sur durante gran parte de su vida, lo que tal vez explicara su expresión extraña a medida que se acercaba la ciudad.

Pero parecía, pensó Conan, tranquila y relajada.

Quizás para ella, como un elfo, esto fue solo el final de otro viaje, una pausa entre viajes, en lugar de un verdadero regreso a casa.

Zula, la tercera de las mujeres, parecía la más feliz.

La pequeña duende se sentó hacia delante en la silla de montar del pony, con los ojos fijos en la ciudad por delante.

Ya se había esforzado por arreglarse antes de la llegada, quitándose el polvo de la ropa, e incluso ahora, enderezó su túnica rojiza y se pasó una mano por el corto cabello castaño.

Parecía estar anticipando el regreso a casa más que los demás, y Conan pensó que a menudo esto parecía ser así.

Sabía que los duendes eran amantes de la familia y el hogar, y aunque Zula no tenía parientes vivos que él conociera, tal vez, para ella, este era su hogar, el lugar donde se sentía más cómoda.

Ciertamente, ella era una nativa de la ciudad, como él.

Como de costumbre, Snagg era el más difícil de leer.

El enano era taciturno, como todos sus parientes, y su rostro no mostraba ninguna emoción ahora.

Su armadura era pesada y estaba maltratada, ya que se había llevado la peor parte en los combates de las últimas semanas, y se habría visto herido o peor, si no hubiera sido por la magia curativa de Yasimina.

Los ojos oscuros bajo las cejas espesas permanecían fijos en el camino por delante, ensimismado es cualesquiera que fueran los pensamientos que los enanos a menudo mantenían para sí mismos.

Conan se dio la vuelta y miró hacia Tarantia.

Ahora aquel era su hogar, donde había crecido y aprendido lo que ahora es, mucho antes de conocer a los demás.

No tenía ninguna duda de que estaba contento de volver.

En poco tiempo, él lo sabía, volverían a lanzarse en busca de aventuras, y él disfrutaba esos momentos.

Pero la ciudad tenía muchos placeres que le eran negados en el camino.

Era un lugar civilizado, un lugar parecido a un santuario.

En los próximos días, habrá muchas cosas que hacer.

Tenía que asistir a la Escuela de Guerreros y reencontrarse con sus amigos y compañeros y para continuar con su entrenamiento.

Y, además, hacer sus meditaciones en la capilla del templo, donde, allí mismo, oraba a la deidad más cercana a su corazón: Muriela, la diosa del amor.

Pero, sobre todo, tendría tiempo para relajarse, para disfrutar de los baños públicos, la buena comida y el vino, para charlar en los mercados y, si Muriela accedía, encontrar compañía para pasar la noche.

***

La villa se encontraba cerca del lado oeste de la ciudad, no muy lejos dentro de la muralla.

Era un edificio grande, primero comprado y luego renovado, con el dinero que se habían ganado al realizar aventuras.

Conan y Zula habían insistido en eso; vivían en posadas mientras estaban en fuera, pero querían un lugar al que volver, una base de operaciones que realmente pudieran llamar suya.

Le tomó un tiempo restaurar el edificio a su estado actual, ya que se encontraba bastante deteriorado cuando lo compraron.

Pero por el resultado bien valió la pena el tiempo y el gasto.

El edificio central tenía dos pisos de altura, con, como muchos otros en la ciudad, un techo ancho y plano donde podían reunirse en el verano.

A cada lado había dos alas, una de las cuales contenía los establos.

Y entre las alas había un amplio patio, amurallado del resto de la ciudad.

Para los aventureros, contar con al menos algún nivel de defensa era algo natural, aunque estuvieran a salvo como deberían estar en Tarantia.

Yakin cerró las puertas cuando el último de los caballos entró en el patio.

Era un hombre joven, competente en su trabajo como administrador, pero no era un aventurero.

Lo habían contratado hacía un año, dándose cuenta de que alguien tenía que mantener la casa mientras estaban lejos en el desierto.

"¿Lo han hecho bien?" preguntó: "Veo que ninguno de ustedes está herido, ¡gracias a los dioses!"

Conan sonrió, desmontó y dio una palmada al joven en la espalda.

"Sí, lo hemos hecho bien. Debemos llevar este tesoro a la bóveda y luego limpiarnos. Vamos a requerir solo un almuerzo ligero; demos tiempo para que traigan algunos suministros frescos".

Miró a los demás a su alrededor.

También habían desmontado de sus caballos y ponis, estirando las piernas después del viaje.

Yasimina y Valeria se unieron a él para saludar a Yakin, pero Snagg solo asintió con la cabeza en su dirección, sin decir nada.

Zula parecía estar ocupada con las mochilas en su caballo, solo mirando de vez en cuando en su dirección.

Quizás ella pensó que algo se le había soltado...

Conan apartó el pensamiento de su mente.

"Te lo contaremos todo, esta misma tarde", dijo Yasimina, "pero yo, en primer lugar, estoy deseando un baño y algo de ropa limpia. Y, por la noche, ¿una buena comida, pudiera ser? ¿Estará todo listo?"

"Sí, mi señora", respondió Yakin, "y no ha pasado nada importante mientras estaba fuera, me complace decir que todo está como lo dejó".

"Pues ya ves," intervino Conan, "esta noche, creo que me gustaría ir a una taberna. Gastar un poco de ese dinero duramente ganado, ¡y recordar cómo es estar de vuelta en la ciudad! ¿Hay alguien que esté conmigo?"

Snagg asintió, gruñendo su asentimiento, pero las mujeres protestaron.

"No, creo que un poco de paz y tranquilidad me apetece más hoy" respondió Valeria. "Me quedaré aquí esta noche".

"Igual que haré yo", respondió Yasimina, que luego miró hacia el último miembro del grupo, que todavía no se había unido a ellos, "¿Qué hay de ti, Zula?"

"Oh ..." dijo la enana, como si estuviera un poco sorprendida, "no, no, creo que también me quedaré aquí. Yo, uh, creo que me acostaré temprano, de hecho. Yo me siento bastante cansada después de todo este tiempo acampando en tiendas".

Conan asintió. Sería, quizás, bueno pasar una noche con una compañía diferente durante un rato, habiendo estado de viaje junto con los demás durante tanto tiempo.

"Solo tú y yo, entonces, Snagg", dijo, y agregó: "trataremos de no ser demasiado ruidosos cuando regresemos. Pero primero, tenemos una tarde por delante ... y un hombre joven al que entretener. Con nuestras historias de aventura, ¿eh?

***

La posada La Copa de Oro estaba llena, como era habitual a esa hora de la noche.

Aunque el lugar alquilaba habitaciones, era tanto una taberna como una posada, por lo que, cuando las sombras comenzaron a alargarse afuera, mucha de la buena gente de Tarantia entraban a tomar una bebida antes de dirigirse a sus hogares.

Sin embargo, la clientela era generalmente respetable, por lo que había pocas posibilidades de una pelea o, por lo demás, de que ocurriera algo desagradable, como a menudo era el caso en las tabernas de otras partes de la ciudad en zonas menos recomendables.

Esta era la razón por la que a Conan le gustaba y, además porque los visitantes moderadamente ricos procedentes de fuera de la ciudad a menudo se alojaban aquí, por lo que también solía ser un buen lugar para encontrar trabajo.

Pero esa no era la razón por la que Snagg y él habían venido aquí esta noche.

Habían tenido bastante trabajo por el momento.

Quería relajarse y divertirse, al menos por una noche.

Encontró una mesa libre, y ambos se sentaron y pidieron una bebida.

La camarera, que no pudo dejar de notar, era bonita.

Ella tendría unos veinte y tantos años, con un pelo rizado que le llegaba a los hombros, del color de la arena dorada, los ojos marrones y una sonrisa de bienvenida.

Su camisa blanca de manga corta era escotada y revelaba un amplio escote.

Y su piel, por lo que podía ver, era preciosa y estaba ligeramente bronceada.

"Eres nueva", dijo, sonriendo mientras ella se acercaba con una bandeja de bebidas, "¿cómo te llamas?"

"Livia", dijo simplemente, regalándole con una sonrisa llena de hermosos dientes blancos.

Mientras lo hacía, notó que sus ojos se movían sobre él, absorbiendo su cabello oscuro, su barba corta, y lo que él esperaba era un cuerpo atlético y razonablemente delgado, debido a un trabajo que a menudo lo mantenía ejercitado.

Su mirada se cernió ligeramente sobre sus orejas, ligeramente puntiaguda, y mostrando su herencia de medio elfa.

"Llevo trabajando aquí un par de semanas, pero no le he visto antes. ¿Viene a menudo?"

Puso un par de jarras sobre la mesa, mirando brevemente a Snagg, pero luego, aparentemente sin ver nada de interés, se volvió de nuevo hacia Conan.

"Mi nombre es Conan", respondió él, "y en realidad vivo cerca. Pero Snagg y yo hemos estado lejos últimamente, fuera de aquí".

"¿Un aventurero?" ella dijo, sonando impresionada, "o un comerciante, ¿tal vez?"

"Lo primero, y me atrevo a decir que podría tener muchas historias interesantes para contarte, si tienes tiempo".

Snagg levantó los ojos ligeramente ante el comentario.

Sin duda, para un enano, incluso esto fue un poco demasiado lanzado.

"Más tarde, tal vez", dijo Livia, "hay otros clientes".

Otra rápida sonrisa, y ella desapareció de nuevo entre la multitud.

"Bueno, amigo mío", dijo Conan, volviéndose hacia su compañero aventurero y levantando su jarra "¡Por nuestras recientes victorias!"

Y a medida que avanzaba la noche, intercambiaron historias de sus recientes aventuras, y un pequeño grupo comenzó a reunirse alrededor de la mesa.

De algunos, Conan sabía que eran contactos y amigos que también frecuentaban esta taberna, pero algunos otros eran personas a las que reconocía vagamente, como mucho.

Snagg se volvió más voluble cuando bebió más cerveza, pero el guerrero no vio razón para frenarlo.

Hablaba más de peleas y escapadas cercanas a la muerte que de riqueza y tesoros, y ¿de qué servía ser un aventurero si no podías jactarte un poco?

Además, su atención a menudo estaba en otra parte.

Cuando Snagg se lanzó a una historia sobre una lucha contra un no-muerto en la sombra, Conan miró a Livia.

Había notado que había prestado atención a las historias, y sus ojos estaban más en él que en el enano, independientemente de quién hablara.

En este momento, sin embargo, estaba inclinada para buscar una jarra de detrás de la barra.

Su falda verde caía hasta la mitad de la pantorrilla, por lo que podía ver poco de sus piernas, pero su culo estaba bien redondeado.

Se lo imaginó sin la falda, cómo se sentiría en sus manos ahuecadas ...

"¿Y entonces...?"

"¿Hmm?" se volvió hacia Snagg, consciente de que había estado mirando a otro lado, y había perdido el hilo de la conversación.

"Dígales lo que hizo a continuación", le incitó al enano, "después de que el frasco de Yasimina se hubiera caído al pozo".

Él obedeció, regresando a la historia, y olvidándose momentáneamente de Livia.

Pero entonces ella apareció en el otro lado de la mesa, limpiando una mancha en su camino.

Se inclinó mientras lo hacía, muy deliberadamente, pensó él, dando una visión clara y sin obstrucciones de la parte superior de su camisa, y de los montículos de sus pechos sobresaliendo sobre su escote.

Se aclaró la garganta, "de vuelta a ti ..." le dijo a Snagg.

Livia le mostró esa sonrisa otra vez, deslizándose alrededor de la mesa hasta que estuvo a su lado, acercando su hermoso muslo contra su mano.

No pudo ser un accidente, por lo que él deslizó subrepticiamente su mano hacia arriba, sintiendo la forma de su cuerpo a través de la gruesa tela de su falda, dándole un ligero apretón a la nalga.

Ella no dijo nada, y todos los demás miraban hacia Snagg en ese momento.

Miró hacia ella, y ella levantó los ojos hacia el techo, en dirección a los dormitorios de la posada, y le guiñó un ojo.

Él asintió en silencio, y luego ella se fue, de vuelta hacia el bar y a otro grupo de clientes.

***

Conan paseaba por la habitación oscura.

La luna mayor se elevaba hacia afuera, proyectando su luz plateada sobre la ciudad, y una parte se derramó a través de la pequeña ventana.

La tarde había llegado a su fin, y Snagg se había marchado, regresando solo a la villa.

Parecía resignado por eso, no particularmente sorprendido, pero tampoco aprobándolo.

Los enanos, después de todo, no adoraban a Muriela.

Conan ya se había desnudado hasta la cintura y se quitó las sandalias, con su ropa ahora doblada en una silla en la esquina.

La habitación contenía sólo una cama y una mesa pequeña.

No era una de las habitaciones más elegantes de la posada, pero eso realmente no importaba.

No había espejo, pero el guerrero alisaba su cabello de todos modos, tratando de verse lo mejor posible.

Podía oír que se estaba limpiando escaleras abajo, ahora que los últimos invitados se habían dirigido a sus casas o habían subido a sus habitaciones.

Hubo un golpe silencioso en la puerta, y rápidamente se acercó para abrirla.

Livia se quedó enmarcada en la puerta, sosteniendo una vela en un plato pequeño en una mano.

La luz de las velas iluminó su rostro y su pecho, su cabello rizado proyectando sombras, sus labios ligeramente separados e invitantes.

"Estaba empezando a pensar que no vendrías", dijo él bromeando, pero la espera no había sido demasiado larga.

"No había tenido oportunidad", dijo ella, mostrando esa sonrisa una vez más.

Rápidamente entró a la habitación, cerrando la puerta firmemente detrás de ella y colocando la vela en la mesa.

Conan se movió para apagarla, pero ella alcanzó su mano, sosteniéndola en la de ella.

Su piel era suave, cálida.

"Déjala encendida", murmuró Livia, sus ojos vagando sobre su pecho desnudo y hasta la parte superior de su cuerpo.

De repente, ella tomó su cabeza con su mano libre y lo atrajo hacia ella, besándolo apasionadamente.

El beso se demoró, sus labios se juntaron.

Conan puso sus brazos alrededor de ella, juntándolos, aplastando sus voluptuosos pechos contra su pecho, separados solo por la tela de algodón de su camisa.

Sus brazos se envolvieron alrededor de él, sus manos exploraron su espalda, enviando un hormigueo de anticipación por su espina dorsal.

Hicieron una pausa, respiraron hondo y se miraron a los ojos, y luego volvieron a besarse, con sus lenguas entrelazadas.

Por fin, ella se retiró, y él la miró de nuevo, admirando la forma en que su pecho se alzaba.

Él se agachó y le quitó la camisa blanca, deslizando las manos sobre sus lados, y luego la levantó por encima de su cabeza mientras ella levantaba los brazos.

Ella sonrió de nuevo, pronunciando la simple frase, "¿te parezco bien?"

Era una pregunta que realmente no necesitaba respuesta; ella era magnífica.

En lugar de responder, él ahuecó sus pechos en sus manos, pasando sus dedos sobre la piel.

Sus pezones eran grandes y rosados, también ya estaban duros y de punta cuando él acarició con sus pulgares.

La atrajo hacia él otra vez, y se besaron mientras pasaba sus manos por su cabello, trazando los contornos de su cuello.

La llevó con cuidado hacia la cama, besándola alternativamente y tocando sus pechos.

Livia suspiró mientras se acostaba de espaldas, y él se subió a la cama junto a ella.

Él besó su barbilla, y luego su cuello, bajando hacia su clavícula.

Hizo una pausa por un momento, admirando la forma de sus pechos, luego inclinó su cabeza hacia uno, sacudiendo su pezón con su lengua.

Ella murmuró algo inaudible pero feliz, y él continuó, chupando suavemente y pasando su lengua sobre la piel sensible.

Él masajeó su pecho libre, luego cambió postura.

Sabía bien, mientras sus propias manos pasaban por su brazo, sobre su hombro, sintiendo su cuerpo firme.

Miró hacia arriba, y sus ojos se encontraron de nuevo.

"Mmm ... no te detengas" Dijo ella.

En lugar de responder, él la besó en la base de su esternón y luego se movió por su estómago.

Reflexionó de nuevo sobre la suavidad de su piel y la forma de su cuerpo, bien siluetada, pero sin músculos duros.

Alcanzó la banda de su falda, bajándose de la cama para colocarse entre sus piernas.

Le sacó la falda y las bragas de algodón, sobre sus caderas, deslizándolas sobre sus piernas para colocarlas en el suelo.

Livia se quitó los zapatos y se quedó desnuda e indefensa ante él.

Desnuda, sus piernas se veían tan bien como él lo había imaginado abajo en la taberna.

Pasó sus manos sobre sus muslos, moviéndolos lentamente hacia arriba, y besó sus caderas, justo al lado del montículo de vello púbico.

Sus piernas estaban separadas, y él sopló suavemente entre ellas, el calor de su aliento provocándola, mientras miraba, a la luz de la vela, una gota de humedad brillando entre ellas.

"Oh sí," suspiró Livia, "sí, por favor ..."

Pasó su lengua por la rajita, luego separó sus labios, sondeando la cálida y acogedora carne de su coño.

Livia jadeó de placer, sus caderas retorciéndose lujuriosamente contra las sábanas.

Conan puso sus manos en sus nalgas y continuó chupando y lamiendo, lanzando su lengua contra su clítoris.

Livia estaba gimiendo suavemente ahora.

Bajó una mano para acariciar su cabello, corriendo a lo largo del contorno puntiagudo de su oreja izquierda.

Él levantó la vista, observando cómo esos maravillosos senos subían y bajaban a medida que su respiración se hacía más pesada, más agitada.

Regresó a su tarea, ahora metiendo uno de sus dedos en su coñito mientras continuaba lamiéndolo.

Mientras jugaba con su clítoris, ella gimió, moviéndose ligeramente debajo de él, así que lo hizo de nuevo, convirtiendo sus gemidos en jadeos apasionados.

Se puso de pie, una vez más admirando la belleza de la muchacha que tenía ante él.

Livia se apoyó en los codos, el sudor ahora le goteaba la cara, y le clavaba un mechón en la frente.

Su mirada viajó por su cuerpo, mientras él una vez más se sentó en la cama junto a ella.

"¿Lo disfrutaste, verdad"

Se burló él de ella, recibiendo un beso en respuesta.

Se estiró para acariciar uno de sus pechos otra vez, mientras su mano se deslizaba por su costado.

Ella tiró de su cinto, aflojó el cordón con un poco de dificultad y luego se las puso sobre los muslos.

Él se quitó el calzón, y la mano de ella buscó su polla, acariciando a lo largo de su longitud, y pasando su dedo por la punta, rozando el capullo.

Él besó su pecho más cercano otra vez, chupando el pezón, lamiéndolo, mientras su propia mano acariciaba su erección.

Se maravilló de nuevo ante la suavidad de su toque, que parecía solo llevarlo a un éxtasis mayor.

Ella frotó su polla contra el húmedo cabello de su vagina, y él miró hacia arriba viendo su implorante mirada.

Haciendo girar su pierna, se montó encima de ella, su peso presionando sus pechos.

Ella lo guió, hacia adentro, mientras él empujaba profundamente dentro de su acogedor coño.

"Oh, dioses", murmuró ella, envolviendo un brazo detrás de su cuello y agarrando sus nalgas con la otra mano mientras continuaba meciéndose hacia adelante y hacia atrás.

Estaban jadeando ahora, el placer brotaba dentro de él mientras empujaba una y otra vez dentro de su cuerpo.

Se besaron, mientras él le daba un masaje a uno de sus pechos, y ella pasaba un dedo alrededor del contorno de su oreja.

Hizo una pausa por un momento, no queriendo que el evento termine demasiado pronto.

Sus ojos marrones estaban vivos, brillando a la luz de las velas, y su sonrisa era tan contagiosa e invitadora como siempre.

Él comenzó a moverse de nuevo, sintiendo sus caderas apretándose contra él, su mano agarrando sus nalgas con más fuerza ahora, sus pechos llenos de sudor, mientras continuaba bailando sus pezones rosados e hinchados.

Livia gritó cuando él se corrió, agarrándolo hacia ella mientras su propio orgasmo sacudía su cuerpo.

Incluso Conan no había esperado que su primera noche de regreso de la aventura fuera tan placentera ...

FIN

SUMISA
ERIKA SANDERS

Te deseo.

Todo de ti.

De la cabeza a los pies y todo lo demás.

Tu cuerpo, tu mente, tu alma.

Las imperfecciones que odias que yo no.

Amo cada parte de ti, tal como eres.

Especialmente ese culo.

Quiero estar contigo.

Todo el tiempo.

No importa dónde esté.

Mi mente divaga, provocada por un pensamiento o una imagen.

Una canción.

Tus iniciales en una matrícula.

Una simple palabra hablada de pasada que tiene un significado especial para ambos.

Un extraño que lleva el pelo como tú.

Vestido como tú.

Quiero oír tu voz.

Cuando me llamas con tus nombres de mascotas.

Dime que me amas, me extrañas.

Describe cómo fue tu día.

Pregúntame sobre el mío y dame tu opinión.

Comparte lo que estamos haciendo o planeamos.

Incluso lo mundano.

Sedúceme a altas horas de la noche mientras estoy tumbada desnuda en la cama en la oscuridad y tú estás a kilómetros de distancia.

Sé duro conmigo cuando me pongo malcriada y hago pucheros por colgarme el teléfono para dormir o para prepararte para el trabajo.

Quiero ver tu interior abierto por escrito.

Saboreo cada nuevo mensaje y foto.

Reviso las conversaciones pasadas.

Recuerdo que cuando no estamos físicamente juntos, todavía piensas en mí.

Que puede estar ahí con un toque de tus dedos.

Tus palabras son fuertes a pesar de que no hay sonido; me tocan en el fondo, como si me las hubieras dicho directamente al oído.

Quiero comentar mis novelas contigo.

Sugiéreme ideas mientras hacemos una lluvia de ideas sobre la trama y los nombres de los personajes.

Elimina las áreas problemáticas.

Marearte con los comentarios y opiniones de los fans.

Apaciguar mi ira y confusión cuando los lectores sin rostro y sin corazón critican mis historias sin una buena razón.

Y continúo escribiendo otro día con tu ánimo.

Quiero ser domesticada por ti.

Para cocinar y hacer los quehaceres de la casa.

Hacer recados.

Ir a bailar, ver una película y hacer viajes.

Solo acurrúcate y toma una siesta en el sofá en un fin de semana lluvioso.

Llamarme deseoso para hacer el amor bajo montones de mantas en la cama todo el día.

Dormirnos en los brazos del otro por la noche y luego despertarnos uno al lado del otro por la mañana.

Ducharnos juntos.

Tener sexo de reconciliación cuando peleemos.

Quiero ser besada por ti.

Repetidamente.

Tanto con ternura como con brusquedad.

Sabes cómo burlarte de mí.

Satisfacerme.

Despertarme con tus labios, dientes y lengua.

Para hacerme llorar y gemir.

Suplicar.

Mi cuerpo tiembla.

Quiero hacer cosas pervertidas contigo.

Asistir a comidas y eventos.

Hacer amigos en tu estilo de vida.

Participar en juegos sexuales en fiestas.

Descubrir más deseos secretos.

Liberar nuestras inhibiciones.

Explorar nuestros lados más oscuros.

Llevarnos el uno al otro a lo más alto de los máximos y luego consolarnos el uno al otro cuando caemos en el más bajo de los mínimos.

Quiero ser dominada por ti.

Gruñó porque soy tuya.

Haces que mi pulso se acelere y que la respiración se detenga al oír tus órdenes.

Silencioso o brusco, ambas situaciones me hacen sonrojar.

Tengo muchas ganas de que me sujetes contra la pared con tu polla entre mis piernas, presionado contra mi coño.

Que me ordenes follarte ... que venirme solo cuando tú lo digas.

No tengo más remedio que ceder cuando torturas mis oídos, cuello y pechos con tu boca.

O cuando siento tus manos sobre mi cuerpo mientras reclamas lo tuyo.

Mi pecho se hincha de orgullo cuando dices que soy una "buena chica" por hacer lo que quieres.

Quiero estar atado por ti.

Físicamente.

Mentalmente.

Con tus manos, esposas o cuerdas.

Mis muñecas sostenidas en tu agarre por encima de mi cabeza o aseguradas a la cabecera de la cama.

Piernas restringidas, juntas o separadas.

Mis movimientos y reflejos controlados.

Cualquier posibilidad de tocarte eliminada.

Una venda sobre mis ojos para no ver lo que me vas a hacer.

Quiero ser jodida por ti.

Desnuda y abrumada bajo tu cuerpo mientras me arrasas.

Quedarme libre de restricciones sin un toque de ninguno de los dos, usando solo tus palabras para hacerme retorcerme y gemir mientras arruinas mi mente deliciosamente.

O los toques simples y ligeros que has descubierto que me sacan múltiples orgasmos sin importar dónde acaricies mi cuerpo.

Quiero que me utilices.

Ser arrastrada de un sitio a otro a tu antojo.

Abrumada cuando lucho.

Mi trasero desnudo golpeado mientras me sujetabas.

Mis juguetes usados en mí ... por ti.

Tu mano aferrada a mi cabello en la parte de atrás de mi cuello.

Presionando ligeramente sobre mi garganta mientras me miras a los ojos.

Para recordarme quién está a cargo.

Quiero obedecer tus reglas.

Cuando estás fuera de mi alcance, me dan algo en lo que concentrarme.

Están definidas teniendo en cuenta mi mejor interés.

Sé que serás disciplinado en consecuencia si las rompo.

Que confíes en mí para ser honesta contigo cuando te he desobedecido.

Quiero que me consueles.

Acurrucada contra ti cuando estoy a abrumada o tengo un mal día.

Mi cabello acariciado y besado con mi cabeza acurrucada debajo de tu barbilla contra tu pecho.

Calmada por tus palabras y tus brazos a mi alrededor.

Mecida hasta que cese cualquier lágrima.

Quiero cuidarte.

Para abrazarte cuando estás triste, cansado o enfermo.

Seré tu fuerza, alguien en quien apoyarte, porque incluso un Dominante puede tener momentos débiles.

Como tu sumisa, estoy aquí para ti en cualquier situación que me necesites.

Para complacerte o aliviar tu dolor.

Quiero todas estas cosas y más.

Porque soy sumisa de esa manera.

Como tu dominante ...

FIN

www.ingramcontent.com/pod-product-compliance
Lightning Source LLC
LaVergne TN
LVHW091235150826
845673LV00003B/1142

* 9 7 9 8 2 2 7 7 5 4 2 4 0 *